KB194467

경과보고

시와반시 기획시인선 033

경과보고

강현국 시집

시와반시

| 차례 |

제1부 맨발걷기

발문

제1부

맨발걷기

맨발걷기 1
－진밭골 시편

어린 새끼를 데리고 다니는 물새들의 달맞이꽃 샛길이 그러한 것처럼

날다람쥐와 함께 젖은 신발을 벗는 탁족濯足의 아침이 그러한 것처럼

장대 들고 망태 메고 달 따러 가고 싶은 그때 내 마음이 그러했던 것처럼

맨발걷기 2
-진밭골 시편

6·25때 피칠갑 아우성이 진달래꽃 피운다는 진밭골;

똥개들이 잊을 만하면 컹컹컹 허공을 향해 헛총을
쏠 때마다 진밭골 장닭들이 외딴집 과수댁寡守宅 펄펄
끓는 된장국 엎지르는 소리를 내는 것은 신발을 벗지
못한 때문이라네.

무릇 이름이란 역사의 손때 묻은 신발 같은 것;

이름 없는 풀잎들이 초록 귀를 열고 새 소리를 듣는
것은* 맨발이기 때문이고 한 여름 땡볕이 불콰한 과수
원 열매들의 주먹에 저녁놀 냄새가 나는 것도 마찬가
지 이치이네.

* 황명희, 「새들이 초록 귀를 달고」에서 차용

맨발걷기 3
−진밭골 시편

　돌부리 1, 2, 3과 연애 중일 때 1, 2, 3이 숲으로 사라진다 뻐꾸기 울다. 1, 2, 3을 따라간 1, 2, 3, 4가 속절없이 사라진다 벌 나비 날다. 사라진 1, 2, 3은 어디로 갔을까. 1, 2, 3을 쫓아간 1, 2, 3, 4는 어디로 갔을까. 깔따구 1, 2, 3과 연애중일 때 1, 2, 3, 4가 1, 2, 3 속으로 하염없이 파묻힌다 물봉선 붉다. 송사리 1, 2, 3과 연애 중일 때 내 신발 1, 2, 3은 도대체 누가 훔쳐갔을까. 궁금한 맨발이 푸르게 우거져 이토록 배고프다.

맨발걷기 4
─진밭골 시편

갓난아기 꽃 피어난 오월의 신부를 볼 때 감개무량하고, 숲속 통나무집 세속에 찌든 판잣집을 볼 때 마음 착잡하다.

먼 곳을 신고 온 구두여, 먼 곳을 벗어두고 먼 곳으로 떠날 구두여. 돌부리 가파른 산길을 거슬러 오르며 수없이 미끄러져 발을 다친 구두여 이제 안녕!

곁을 맞댄 삼삼오오들이, 착잡한 마음의 세간살이들이, 할 말이 닿지 못하고 문득 돌아오는 착잡한 감개무량의 뒷모습 같다.

맨발걷기 5
—진밭골 시편

등짐을 지고 온 저곳이었다. 기억이 새파란 입술을 하고 팔려 간 제 새끼를 부르는 저곳을 지나자 파란만장을 다하고도 모자라 목이 쉬어 버린 새벽녘 어미 소의 뒷덜미에 총질을 해대는 이곳이었다. 손가락 끝 저곳과 발바닥 밑 이곳의 모퉁이를 돌아서자 사과밭 둥근 바람이 불었다. 마침내 모퉁이가 닳은 모퉁이가 저희끼리 오순도순 쌓아올린 돌탑 길을 돌아서자 개여울이 흘렀다. 이곳과 저곳의 수염이 가지런한 시천주侍天主 산나리가 "깊은 산속에 살며 거친 옷에 짚신을 신고 맑은 못가에서 발을 씻고 고송에 기대어 휘파람을 불며 세월이 가고 오는 것도 알지 못하고 조야朝野가 잘 다스려지는지 어지러운지에 대해서도 듣지 않는"(다산 어록) 산그늘이 잔주름을 펴는 아침이었다.

맨발걷기 6
－진밭골 시편

제 마음을 구겨 넣고 다닌 것이 후회가 되는 것이어서 산발치에 벗어 둔 신발을 누가 가져가버리면 홀가분하겠다는 생각을 하는 것이어서 개운한 맨발이 조심조심 모퉁이를 돌아서는 것이었다.

마침내 산마루에 이르자 그 마을 옛집 별 헤던 툇마루가 아득하게 내려다보이는 것이어서 굴뚝에서 모락모락 주먹밥 냄새가 피어오르는 것이어서 제 마음을 빠져나온 발가락이 꼼지락거리는 것이었다.

기억은 기억대로 남루한 것이어서 속내가 딱한 것이어서 맨발 속에 다시 발가락을 집어넣은 제 마음이 새 신을 신고 뛰어보자 팔짝* 모퉁이를 데리고 살구나무 그늘 밑을 들어서는 것이었다.

* 동요에서 차용

맨발 걷기 7
–진밭골 시편

그곳에 닿으려면 숲 속을 들어서는 오솔길을 따라서 오솔길을 지우고 홑이불이 못다 덮은 겨울밤을 지나서 홑이불을 지우고 고추밭 늙은 부부 굽은 등을 지고 가는 굽은 길을 걸어서 굽은 길을 지우고 모서리를 다독이는 산 능선을 넘어서 산 능선을 지우고 불 꺼진 발자국을 가뭇없이 지우고… 오로지 고요의 남쪽 저 건너가 궁금한 물소리가 물소리로 잦아든 흔적을 더듬어 맨발을 불러내는 송사리 떼, 탁족의 그 아침에 닿으려면.

맨발걷기 8
−구병산 시편

해 질 무렵 어머니는 서둘러 떠나셨다. 갈 길이 머신 듯, 저물기 전에 그곳에 닿아야 하신다는 듯, 거기 젖 줄 아기 울부짖고 있는 듯, 거기 멍석 위에 널린 곡식 비 맞고 있는 듯, 거기 아궁이에 지핀 불 타나오고 있는 듯, 휠체어 버려두고 지팡이 던져두고… 종종걸음으로. 애먹이고 가는구나, 힘든 날 많았지만 기쁜 날도 있었지, 텅 빈 날의 외로움과 텅 빈 날의 그리움과 텅 빈 날의 기다림이 필요 없는 그곳으로, 바람 옷입고 훨훨 날아서, 구름 신발 신고 둥둥 걸음으로, 흰고무신 댓돌 위에 벗어두고, 가엾은 내 어머니 맨발로 떠나셨다.

맨발걷기 9
—구병산 시편

할머니의 묘를 이장했다. 20여년 누워있던 앞산 유택을 떠나, 옆 동산에 누워 있는 지아비 곁을 떠나 화장장으로, 칠성판에 누워 떠나셨다. 화장장을 거쳐 자식의 유골함 곁 납골당으로 옮겨갈 것이었다. 다시는 돌아오지 못할 떠난 곳을 다시 떠나는 것이었다.

썩지 않은 머리칼과 흰 이가 보였다. 삭은 뼈마디를 수습하고 염을 했다. 눈 깜짝할 사이였다. 저승 갈 노잣돈 5만원을 삼베 속포에 꽂아 드렸다. 배고프면 안 되니까.

할머니는 재취여서 나와는 피 섞이지 않았지만 할머니의 일생은 곤궁해서 슬펐다. 행상行商으로 삼형제를 키우셨다. 멀리 멀리 떠돌다 어느 날 문득 정든 손님처럼 내가 기다리는 능금을 사오시곤 했었다. 실

18

꾸러미에 담긴 파란 능금은 먼 나라 하늘 냄새가 났다.

　할머니가 떠난 텅 빈 유택을 쑥부쟁이가 물끄러미 지켜보고 있었다. 능금 향기 또한 잡초에 이내 묻히고 말 것이었다. 변방을 떠돌던 행상行喪의 맨발처럼.

맨발걷기 10
―구병산 시편

    울음이란 무릇 간절함뿐이므로 수염이 없고 단추 구멍이 없고 꿰맨 자국은 더더욱 없고, 간절한 울음이란 맨발이므로 혼자 남은 간절함은 산 사람이 죽은 사람을 부르는 소리입니다.

    당신은 아직도 당신을 남겨두고, 저 언덕 너머까지 寂寂寂寂 내게 오는 중입니다.

    도대체 잠 못 드는 적막이 벌떡 일어나 탕, 탕, 지팡이로 보름달을 두드릴 때, 강물의 팔다리가 쭉, 쭉, 내 몸에 가지를 칠 때 멀리 떠난 팔다리는 죽은 사람이 산 사람을 부르는 소리입니다.

맨발걷기 11

−구병산 시편

발자국이 발자국 소리에게
어디 가니? 발자국 행방을 묻지 않았다.

일자무식이어서

부리가 노란 새 한 마리가 날아와 자두나무 가지
에서 아침 식사를 하고 있다. 숟가락도 없이, 식사는
단순한 끼니가 아니라 삶의 이유라는 듯이, 식사 끝
나면 짝을 만나 집을 짓고 알을 낳고 새끼를 기르겠
다. 쭉쭉쭉쭉 무상으로 노래 불러 각진 시간의 모서
리를 부드럽게 펴는 것도 잊지 않겠다. 일자무식의
이 가벼움!

질문은 곁의 바깥이니까

발자국 소리가
발자국과 함께 발자국 속으로 잦아들었다.

맨발걷기 12

─구병산 시편

맨발은 늘 맨발을 명상하는 중이어서
혼자 노는 아이처럼 반짝반짝 온몸이 빛나서
맨발은 늘 맨발을 잊고 있는 중이어서

길 가에 두고 와도 마음이 편해

맨발걷기 13
― 구병산 시편

어릴적

구름 위에 벗어놓은 발자국 소리가

이제사 도착합니다. 푸른 맨발로

나는 이 땅에서 죽고 요단을 건너지 못하려니와

너희는 건너가서 그 아름다운 땅을 얻으리니

―신명기4:22

푸른 맨발로

이제사 도착한 발자국 소리가

강 건너 천리 길을 훤히 밝힙니다.

맨발걷기 14
―구병산 시편

신발이 없으니 외출이 안 되고 외출이 안 되니 마트에도 못가고 마트에도 못가니 라면도 살 수 없어

배고픈 외로움이 배고픈 외로움의 허기진 한나절을 이 구석 저 구석 만지작거려도 먹은 게 없어 때 묻지 않고 해맑은 겨드랑이로 깔깔거리는

배고픈 외로움은 항문이 깨끗해서 창 너머 기러기떼 줄지어 맨발로 날아가는 서쪽 하늘이 참 푸르네.

맨발걷기 15
－구병산 시편

늙지 않는 마음에게
늙은 몸이 물었네.

신발 벗으며

해 지는 그때, 거기
두고 온 맨발, 푸른 시냇물 잘 있던가?

늙지 않는 마음이
늙은 몸에게 물었네.

신발 끈 조이며

해 뜨는 그때, 거기
내 사랑 루디아, 자색 비단옷 잘 있던가?

맨발걷기 16
－구병산 시편

겨울나무 가지들이 쭉-쭉-하늘 높이 뒤꿈치를 드는 동안
까치들이 깍, 까악, 깍, 세 번 운다.

어쩔까 하다가
철새들이 벗어놓은 신발 곁에 쉼표 세 개를 찍었다.

구름은
철새들이 벗어놓은 신발…

쉼표 세 개에서
갓 구운 빵처럼 모락모락 김이 났다.

까치들이 한 짓이다.

맨발걷기 17

―구병산 시편

　마당은 스스로 둥근 마당이어서, 묻지 않아도 공空은 공空으로 팽팽하고,

　그것은 무엇 때문인가 하오면 부처께서 말씀하시는 가는 먼지는 곧 가는 먼지가 아니오며 그 이름이 가는 먼지일 따름이옵니다.(금강경)

　골목은 저절로 저문 골목이어서, 답하지 않아도 색色은 색色으로 처연하다.

맨발걷기 18
─구병산 시편

나비가 흙을 파고
탁구공만한 똥을 눈다.

킁, 킁, 제 똥의 냄새를 확인한 나비가
맨발로 흙을 긁어 감쪽같이 감춘다.

냄새가 나오지 못하도록 꼭꼭 다독인 뒤
숙제를 다 한 듯 가볍게 솟구친다.

미사일 같다!

깜짝 놀란 햇살이
빰맞은 휴지처럼 빈 가지에 걸려 펄럭거렸다.

맨발걷기 19

—구병산 시편

동구 밖을 벗어나자 스스로 깊어지는 도랑물처럼
멀리 아주 멀리 헤어지는 오늘이 (시작이 있으면 끝
이 있지) 배웅하는 섭섭한 오늘의 어깨를 다독이는
Memento Mori!

제2부

그림자와 놀다

먹이에 대해
  ─그림자와 놀다 1

개미 한 마리 타닥타닥 먹이를 구하러 오고 있겠다.

창밖 풀무치가 긴 수염으로 문 열어주세요 내 옆구리를 꾹꾹 찌른다.

꼬부랑 할머니가 꼬부랑 문을 열고 꼬부랑 고개를 꼬부랑꼬부랑 넘어 오겠다.

꼬부랑꼬부랑 꼬부라진 내 노래는 어디로부터 왔을까?

먹이가 문제였다.

개미 한 마리 타닥타닥 먹이를 입에 물고 가고 있겠다.

등 굽은 물고기 훨훨 서산을 등에 지고 문 닫아주세요 바다를 난다.

꼬부랑 할머니가 꼬부랑 문을 닫고 꼬부랑 고개를

꼬부랑꼬부랑 넘어 가겠다.

　꼬부라진 내 노래는 꼬부랑꼬부랑 어디로 가는 걸까?

문제는 먹이였다.

오빠 생각
−그림자와 놀다 2

우리 오빠 말 타고 서울 가시네!

fort−

정거장은 수 천 번의 이별과 수만 갈래의 미로를 내
장한 회한의 육체이다.

빨간 구두 사가지고 오신다더니!

da−

질척질척
−그림자와 놀다 3

잊어야 한다는 마음으로*
죽은 새의 하늘이 딱딱한 날이었다.

저기 저 어르신 이 비암 댓마리만 고아먹어 봐

어떤 노래는 죽은 새가 되어 너에게로 엉겨 붙고
어떤 노래는 천년 묵은 뱀이 되어 나에게로 스몄다.

오줌발 쏘아 쏴 담장 무너져 담벼락에 쏘지 마

잊어야 한다는 마음으로
길바닥이 질척질척 징징대는 날이었다.

* 김광석 노래 차용

고무신 한 짝처럼
―그림자와 놀다 4

검푸른 빗소리에 젖고 있었네.
보리밭 시퍼런 아가리를 벌리고

작년에 왔던 각설이 죽지도 못하고 또 와서

후회는 운명처럼 생로병사가 없어서
버스에서 내리자 60년 전 봄이었네.

양심을 빼 먹고, 양심을 빼 먹히고
고무신 한 짝처럼 나자빠진 봄이었네.

작년에 왔던 각설이 죽지도 못하고 또 와서

눈코가 문드러진 민들레처럼
노란 햇볕을 쬐고 있었네.

아무쪼록

―그림자와 놀다 5

아무쪼록

쪼록쪼록 비가 내리네.

아무쪼록 날 개인다 말하지 않겠네.

까꿍!

아무쪼록

쪼록쪼록 꽃이 피네.

아무쪼록 꽃 진다 말하지도 않겠네.

어제 도착한 오늘
―그림자와 놀다 6

라깡의 초자아에 쫓겨, 둥둥 떠가는 죽은 누이를 뒤쫓아 가는데 신상조 선생 전화벨이 낮잠을 깨웠다. 아래와 같이 끝을 맺고 있는 「어제 도착한 오늘」이 괜찮은지? 궁금해 했다.

새벽에 S의 꿈속에 죽은 사람이 찾아왔다. "잘 지내지?" '서럽지도 않은데 자꾸 눈물이 나.' 그러나 S는 아무 말도 하지 않았다. 젖은 풀밭 같은 꿈을 밟고 죽은 사람이 돌아갔다.

S를 K로 바꾸자 까칠한 건초더미 같은 얼굴을 하고 죽은 누이가 내 낮잠 속을 찾아왔다. 오늘 도착한 어제의 하얀 찔레꽃이 내 生의 초자아여서 애간장은 타는데 "어떻게 지내니?" 너무 서러워서 눈물도 나지 않았다.

간절한 한일자
—그림자와 놀다 7

미륵 같은 사내가 56억 7000만년이 지나도록
미륵 같은 향과 나뭇가지를 받쳐 들고 있었다.

깎아지른 절벽이었다.

단석산 신선사, 간절한 한일자[一]는
56억 7000만년이 지나도록 간절한 한일자였다.

부모미생전父母未生前이었다.

56억 7000만년이 지나도록 깎아지른 절벽이
부모미생전의 깎아지른 미륵을 기다리고 있었다.

우르르와 오글오글
―그림자와 놀다 8

아버지는 자주 호랑이를 잡으셨다,

　영문도 모르는 앞산 절벽이 우르르 제 몸을 허물어뜨렸다.

　(죽은 호랑이는 어디로 갔을까?)

　이놈의 농사 빌어먹을 농사

　씨나락 단지가 팽개쳐진 조팝꽃 끄덩이를 뜨악해했다.

　별똥별이 캄캄하게 흐느끼는 밤하늘을 찢었다.

　영문도 모르는 올챙이들이 오글오글 제 몸속을 파고들었다.

　(우르르와 오글오글은 무슨 관계일까?)

발가락 옛집
─그림자와 놀다 9

굿 모닝! 빠져나간 발가락이 팔딱팔딱
발가락 옛집을 반갑게 찾아왔다 제 그림자 데리고,

그때 그 운동장이 뜀박질로 들썩일 때
너는 왜, 그때 그 철봉대 그늘 밑을 맴돌고 있었는지?

떠났는데 다시 떠나는 당신 한평생이 피운 찔레꽃이
찔레꽃 목소리로 새하얗게, 내게 물었다.

그때 그 운동장은 사라진지 오래인데, 너는 왜
아직도 그때 그 철봉대 그늘 밑을 떠나지 못하는지?

발가락 옛집을 빠져나간 발가락이 굿 이브닝!
내게 말도 없이 해 저문 서산 멀리 꼬물꼬물 사라
진다.

골목길

─그림자와 놀다 10

그 어머니 골목길 스스로 서러워서

안아줘도깽깽업어줘도깽깽우리어머이서러움은어
쩌라고깽깽소낙비는내리고요허리띠는풀렸고요업
은애기보채구요광주리는이었구요소코팽이놓치구
요치마폭은밟히구요시어머이부르구요똥오줌은마
렵구요안아줘도깽깽우리어머이그리움은업어줘도
깽깽어쩌라고깽깽

골목길 그 어머니 저절로 서러웠지

한데
−그림자와 놀다 11

한데는 언제나 쫓겨난 한데이다.
쫓겨난 한데는 엉덩이가 부끄럽다.

이윽고 마실 왔던 사람들의 발자국 소리가 한데를
데리고 삽짝 밖으로 사라지고 나면 삽짝 밖으로 사라
졌던 한데가 흰 구름과 병정개미와 강아지와 병아리
떼를 너울너울 뚜벅뚜벅 깡충깡충 종종종종 데려다
주었다. 이윽고

쫓겨난 한데는 저희끼리 오손도손
엉덩이가 환한 한데가 되는 것이었다.

앵두나무 우물가
─그림자와 놀다 12

구석진 내 몸엔 잔소리처럼 비가 새고

그때 거기 우물가 앵두나무는 뜯기는 벌레와 뜯어먹는 벌레와 덤벼드는 벌레와 도망치는 벌레와 벌레들의 잠꼬대와 잠꼬대의 새끼들로 우글거렸지 그때 거기는 툭하면 천둥이 우르릉거리고 마른번개가 이무기를 데리고 퍼덕 퍼드덕 하늘로 솟구치고 동구 밖 당산목이 제 목을 부러뜨리고… 무슨 일이 있었을까? 만삭의 아낙들이 물동이를 깨뜨리던 그때 거기 앵두나무 우물가는

비가 새고 흐린 등불은 자주 꺼졌지

먼 곳은 도저히 먼 곳에 닿지 못해서
―그림자와 놀다 13

가고 없는 날들이 낡은 의자에 앉아
오지 않는 사람을 기다리는 봄날이었다.

먼 곳은 도저히 먼 곳에 닿지 못해서
고양이가 제 앞발을 핥고 있었다.

눈 뜬 지팡이가 더듬더듬 여기가 어디냐고 물었다.
호박잎 넝쿨이 대답 대신 갑갑한 콧구멍을 벌렁거
렸다.

질문은 한사코 질문으로 푸르러서
풀벌레가 웃자란 욕망을 갉아먹고 있었다.

다녀갔다는 말이 돌 틈에 끼어서
떠난 사람이 다시 떠나는 가을이었다.

사무치게 눈 퍼붓는

―그림자와 놀다 14

무릎까지 사무치는 먼 곳의 밤이었네.

산첩첩 길은 멀고

전장 나간 사내의 수의를 깁는
사무치게 눈 퍼붓는 적막한 밤이었네.

물중중 기약 없어

먼 곳까지 뜯어먹는 사무치는 밤이었네.

이 강산 낙화유수
−그림자와 놀다 15

아 꽃이 폈네! 산과 들에,

For sale Baby shoes, Never worn.

−E. Hemingway

어 꽃이 졌네, 산과 들에!

오지랖이 넓은 의자
— 그림자와 놀다 16

보국대報國隊로 끌려가는 막내 삼촌을
너풀너풀 동구 밖까지 배웅하는 의자

오지랖이 넓은 의자

내 몸에서 흘러나온 의자
내 몸으로 흘러드는 의자

엉덩이가 펑퍼짐한 의자

제 새끼 나 몰라라 도망친 여편네를
너울너울 어두워질 때까지 기다리는 의자

검은 시간의 골짜기
─그림자와 놀다 17

헤르만 헷세를 읽었다. 나는 내 속에서 스스로 솟아 나오려는 것, 바로 그것을 살아보려 했다. 그것이 왜 그토록 어려웠을까? 그토록 가려운 지평선이 되었을까? 가려움을 긁는 건 부질없는 일, 가려움 다독다독 지평선 저물도록 놀기로 했다.

어치는 가아, 가아, 가아, 또는 과아, 과아, 큰 소리를 내며 울지 않는다. 가아, 가아, 가아, 또는 과아, 과아, 큰 소리를 내며 우는 것은 어치를 닮은 누이가 아니라 방아쇠를 당긴 내 손가락이 가리키는 저 검은 시간의 골짜기이다.

박경리를 읽었다. 잔잔해진 눈으로 뒤돌아보는 청춘은 너무나 짧고 아름다웠다. 젊은 날에는 왜 그것이 보이지 않았을까? 그토록 아득한 수평선이 되었을

까? 아득함을 헤집는 건 아뿔싸! 코피 나는 일, 저녁
놀 지기 전에 수평선 아득하게 놀아야겠다.

바보야, 우찌 살꼬
−그림자와 놀다 18

그 아이 아직도 철봉대에 매달려 있네.
신발 한 짝 잃어버린 그 아이

바보야, 우찌 살꼬
바보야,
하늘수박은 올리브 빛이다 바보야,*

찬바람 불때마다 찾아오는 저 아이
철봉대 아직도 저 아이 매달고 있네.

* 김춘수, 「하늘수박」 부분 인용

가까이 느껴지는 멀리
―그림자와 놀다 19

가까이 느껴지는 멀리
저기 저 산을 넘을 수 없어
나와 별거 중인 나는
해종일 만나고 해종일 헤어졌네.

　사람이 죽으면 기차를 탈 수 없는 것처럼 살아있는
동안에는 끝내 별에 도달할 수 없겠지*

멀리 느껴지는 가까이
여기 이 강을 건널 수 없어
나와 연애 중인 나는
늦도록 사랑하고 늦도록 아팠네.

* 고흐

그런데와 그래도
─그림자와 놀다 20

궂은 날 잦아서
그런데와 그래도가 한 집에서 살았대.

─자주 창문이 덜컥거렸겠지.

그런데가 그래도의 부자지를 걷어차자.
그래도가 그런데의 혓바닥을 뽑았나봐.

─아이고 얄궂으라!

어떤 나와 어떤 내가
전 국민이 열광하는 도로또를 불렀대.

─서로 만나 웃고 울던 봄날은 간다.*

* 손로원 작가 〈봄날은 간다〉에서 따옴

궁금함은 귀가 커서

−그림자와 놀다 21

　내 곁이 내 곁을 찾아와 내 곁으로 가는 길을 내 곁에게 물으니
　그런 길은 이미 없다고 한다.

　궁금함은 귀가 커서
　젖은 빗소리가 젖은 빗소리에 온몸이 흠뻑 젖은 날의 일이었다.

　사라진 1, 2, 3은 기별도 없이
　사라진 1, 2, 3을 데리고 어디로 사라졌을까?

　동트기 무섭게 내 곁이 내 곁에게 내 곁으로 가는 길을 다시 물으니
　그런 길은 세상에 없다고 한다.

기다림은 눈 먼지 오래이고

그리움은 손가락이 뜨겁거나 발바닥이 두텁기 때
문이라 했다.

제3부

일상사

징비록*

그곳 사정이 캄캄해서 연필을 깎는다. 연필 속 그곳, 戊子年(선조 11년, 1578) 무렵에는 한강 물이 사흘 동안이나 붉었으며, 辛卯年(선조 24년, 1591)에는 竹山 大平院 뒤쪽에 있던 돌이 저절로 일어섰고, 通津縣에서는 넘어졌던 버드나무가 다시 일어났다.

몽당연필이 될 때까지 연필을 깎는다. 연필심은 왜 이리 자주 부러지는 그때, 우리나라 사신이 北京에서 돌아오면서 金石山에 있는 성이 河씨인 사람의 집에서 유숙했는데, 그 집 주인이 말하기를 "조선의 역관이 나에게 '너희 집에 3년 된 술과 5년 된 술이 있거든 아끼지 말고 즐겁게 마시며 놀아라. 오래지 않아 난리가 나면 너희들이 비록 술이 있더라도 누가 그것을 마실 것인가?' 하니 이 말을 들은 요동 사람은 조선이 다른 뜻이 있는가 의심하여 많이 놀라고 의심하고 있다"라고 했다.

전하! 점심 때 먹으려고 아껴두었던 소신의 컵라면 도적의 배후를 밝혀주소서 전하! 그곳 사정이 캄캄한 몽당연필이 떼굴떼굴 떼떼굴, 임금에게 그 일을 아뢰니, 조정에서는 역관 중에 말을 만들어 일을 일으키고 본국을 모함한 사람이 반드시 있을 것이라 판단하여 서너 사람을 체포해 *仁政殿* 뜰에서 *鞫問*하고 *壓膝火刑*을 썼으나 모두 승복하지 않고 죽었다.

스크린도어를 고치다 스크린도어에 찡겨 죽은 19세 청년이 모일모처 그곳 탄광 막장 속에서 몽당몽당 자른 칼과 몽당몽당 잘린 목을 내밀자, 도성 안에 항상 검은 기운이 있어 연기도 아니고 안개도 아닌 것이 땅 바닥에 서리어 하늘까지 닿았는데 이 같은 것이 거의 10여 년이나 계속되었으며, 그것 외에 다른 변괴도 다 기록하기 어려웠다. 하늘이 사람에게 경고함은 매우 간절하나 다만 사람들이 능히 살피지 못할 뿐이었다.

*『징비록』, 유성룡 지음, 이재호 옮김(위즈덤하우스, 2023)에서 차용

굽은 등, 등에 지고

서산이 붉은 해를 사래 긴 이랑 끝에 엎지르자
아버지, 하루치 굽은 등을 서산마루에 부려놓는다.

늙은 소 반쪽 등을 적시는 여우비는 어디로부터 오
는지?

후드득 후드득
법고 두드리는 대나무 숲, 아득한 西域萬里

돈 벌러 간 내 새끼 뉘 집 처마 밑에서 비 맞고 있
는지?

밤 가고 동 트자 등 굽은 아버지, 어느새
하루치 굽은 등을 사래 긴 이랑 끝에 부려놓는다.

달마가 서쪽으로 간 까닭처럼

가진 것도 없고 안 가진 것도 없는 것으로 물렁한 두두물물頭頭物物의 지렁이가 꾸물꾸물 소리 없는 소리가 최상의 소리라는 듯이 마당 속을 파고듭니다. 해 지고 한참 동안 싸리울 가장자리가 어둑어둑 한 것은 지렁이 행방이 궁금한 석양이 가다가 발을 멈추고 꾸물꾸물 저 산을 넘기 전에 되돌아보기 때문입니다. 목련이 환하게 핀 까닭도 마찬가지 이치입니다. 저쪽 아닌 것도 없고 이쪽 아닌 것도 없는 것으로 여여如如한 지렁이의 두두물물頭頭物物이 꾸물꾸물, 달마가 서쪽으로 간 까닭처럼 마당 밖으로 기어 나왔기 때문입니다.

마당 1

도적이 들어도 몽둥이를 들 수 없고, 포탄이 떨어져도 도망 갈 수 없어서 미칠 지경이오. 손이 없어 스스로 목을 맬 수도 없고, 발이 없어 적진을 향해 돌진할 수도 없으니 어찌하면 좋겠소? 스스로 잠 깨고 스스로 저무는 내게서 깨달은 자의 고적을 느끼다니요! 고적은 오로지 병정개미의 전투식량이거나 안달하는 내 마음의 트집일 따름이오. 순진함의 독버섯보다 해로운 것은 세상에 없는 법, 자주 햇볕에 바싹 말라붙기도 하고 비 오는 날은 병아리 떼에게 사지를 발기발기 찢기기도 하다가 내친 김에 임자가 마시는 우물에 투신한 지렁이의 찢긴 꿈이 내 마음 안쪽임을 부디 헤아려 주었으면 하오.

마당 2

나는 콘크리트 속에 묻혀 숨을 거두게 될 것이었
다. "만약 오후 4시에 네가 온다면, 나는 3시부터 행
복해지기 시작할 거야.*" 비몽사몽 새벽녘이었다. 기
러기 떼 구병산 저 너머로 내 손을 잡고 사라지는 것
이었다.

별똥별처럼!

짧은 만남 긴 이별이었다. 서랍 속에 넣어둔 운명
이란 말이 자벌레가 되어 기어 나왔다. 소중한 만남
아름다운 동행이었다. 고요의 남쪽 작은 행성 사립
문은 그렇게 닫혔다. 풀벌레에게 자물쇠 번호를 일
러두었다.

*『어린 왕자』에서 인용

서쪽을 멀리 내다보는 창문

느티나무는 달빛을 향해 안타깝고 달빛은 가녀린 느티나무를 향해 안쓰럽다. 멧돼지 한 마리가 국정교과서 속을 뛰쳐나온다. 두터운 숲과 무거운 능선도 달과 나무 사이, 닿을 수 없는 목마름을 다스리지 못한다. 멧돼지 두 마리가 꽃밭을 덮친다. 서쪽을 멀리 내다보는 창문은 이미 그것을 알아챘다는 눈치다. 서쪽을 뛰쳐나온 멧돼지가 덮친 꽃밭에서 덮친 서쪽의 새끼를 친다. 느티나무도 능선도 능선 위의 달도, 다시못 올 어디론가 떠날 차표를 예매해 놓고 함구무언하는 너와 나 같다. 멧돼지 여러 마리가 벌떼처럼 달려들어 꽃밭 서쪽을 뜯어먹는다. 줄행랑밖에 달리 방도가 있겠는가. 외로움에 겨워 허공에 붙박인 달과 나무의 전생을 창문은 이미 알아챘다는 눈치다. 누가 있어꽃의 축포로 성난 멧돼지를 사살할 수 있단 말인가!

몰락의 한철

그는 사망하기 며칠 전 어머니에게 전화를 걸어 *2만 원만 보내 달라고* 하는 등 극심한 생활고에 시달린 것으로 전해졌다. 그는 최근 수도 요금 6만 원도 제때 내지 못해 단수 예고장을 받았다.

캄캄한 개명천지 20230417

사서에 의하면 풍산개 남매의 사육비 월 250만 원 (인건비 포함)은 나라 예산으로 충당해 주어야 마땅하다는 암묵적인 요구가 묵살된 섭섭함이 자심하여 컹 컹 컹 개 짖는 소리가 철조망을 뚫고 휴전선 너머까지 들렸다고 전한다.

20241106 캄캄한 개명천지

죽어서도 다음 생이 있다면, 다음 생에서도 사랑한
다 사랑한다 내 새끼 사랑한다 몇 십 만원 빌린 돈이
수 천 만원으로 불어난 사채에 몰린 어느 30대 싱글
맘이 여섯 살 딸에게 남긴 유서의 일절이다.

밑도 끝도 없이

  가을 아침 죽변 등대에 혼자 앉아 한 겨울의 거센 파도 모으는 작은 섬의 등대지기를 흥얼거리다가 주머니 주섬주섬 고혈압 알약을 챙기다가 내 아버지도 결국 고혈압으로 가셨지 걱정하다가 왜구가 들락거렸던 대숲 속을 갈바람과 함께 들락거리다가 고혈압에 좋다는 감나무 잎사귀 차는 약사여래의 선물이어서 부작용을 알리는 깨알 같은 글귀가 필요 없다는 뜬금없는 생각에 잠기기도 하다가 무릇 각주에 해당하는 깨알 같은 글귀란; 밑도 끝도 없이 왔다가 밑도 끝도 없이 아프다가 밑도 끝도 없이 떠나가는 인간들의 한 세상 조바심이 망망대해에 덧칠한 유의사항이라는 사실을 우울해하다가 난바다를 향해 외로움의 육체를 통째로 던지는 등대의 쉰 목소리가 내 아버지의 굽은 등짝까지 사무쳐서 자욱해 하다가 자욱하게 숨어 든 왜구를 조심조심 발견한 신라적 칼바람이 깜짝 놀라 소스라치는 대숲 우듬지처럼 문득 서쪽으로 사라진 달마가 뒤뜰에 두고 간 하얀 고무신에는 깨알 같은 각주가 없는 까닭을 마침내 깨달았다는 듯 무릎을 탁! 가파른 용추곳 기울기로 괭이갈매기 떼가 화살 맞은 듯 끼룩 끼루룩 꼬꾸라지는 것이었다.

숙제하러 온 아이 같이

대중도 독자의 환호도 없는 글쓰기를 하다가
나무속에 자 보러 간 오규원 같이

내 잔이 이토록 넘치는 쓸쓸함 같이

자크 데리다가 한 평생 애도한 그 사람 같이

소풍 왔다 가는 지아비를 보내는 지어미 같이*

숙제하러 온 아이 같이
숙제 다 못하고 떠나는 아이의 뒷모습 같이

* 천상병 시인의 일화 참조

어느 날 문득

어느 날 문득

지팡이가 더듬더듬 산길 짚고 산꼭대기 내려오네.

산길이 아슬아슬 지팡이 짚고 산꼭대기 올라가네.

지팡이는 덧없음의 피치 못할 표정이고

산길은 불가피한 권태의 자세라고 할 수 있겠네.

괜히 왔다 간다는 그대

어느 날 문득

철부지 한 세상 떼끼! 하고 떠나는 거시기처럼*

*중광 스님은 자신의 성기 끝에 매단 붓으로 그림을 그리기도 했
 다는 일화가 전한다.

아차!

아차! 는 새파랗다. 아차!에게서는 먼 곳 냄새가 난다. 무심코 내뱉은 아차!에 놀란 딱새가 아차! 제 노래 끝 구절을 잊어버린 아차!는 먼 곳으로부터 먼 곳까지 아득하게 떨리다가 멎는다. 야속한 몸과 간절한 마음이 함께 떠나는 기차와 야속한 마음과 간절한 몸이 함께 움켜쥔 손수건이 닿을 듯 닿을 듯 머뭇거리는 겨울나무 가장자리처럼, 닭 울기 전에 세 번씩이나 모른다 모른다 고개를 흔든 베드로처럼 아차!는 그러므로 함구무언이다.

무심코 마주친 풍경의 뒷모습처럼 함구무언으로부터 아차! 기차가 불시착했다. 오래 전에 떠난 먼 곳이 아차! 잊을 뻔한 버지니아 울프와 함께 제 노래 끝 구절을 어깨에 걸치고 내렸다. 나와 별거중인 어떤 나는 비가 올 때만 올 것이고, 다른 나는 아득한 가장자리

로부터만 올 것이고, 그러므로 닭 울기 전에만 올 것
이고, 아차!에 놀란 딱새처럼 아차! 아직 태어나지 않
은 나는 모퉁이를 돌 때마다 또 다른 나의 뒷모습을
데리고 올 것이었다.

이봐, 싱클레어

—이걸 알아야 할 것 같아. 우리들 속에는 모든 것을 알고, 모든 것을 하고자 하고, 모든 것을 우리들 자신보다 더 잘 해내는 어떤 사람이 있다는 것 말이야. (데미안)

소주를 마시며 오랜만이야 우물가 앵두나무 늙어 죽었겠지 윤돌이 고모처럼 고향으로 가득한 우정을 나누다가 쏘주를 마시며 그 자식 지 애비 때려죽인 그 자식 아직도 번들번들 살아있는데 퉤퉤퉤 침을 뱉다가 쐬주를 마시며 빌어먹을 세상 폭싹 망하기에도 너무 늦었어 술 취한 내가 멀쩡한 나를 난데없이 그렇게 하듯 소주가 쏘주의 목을 비틀며 쐬주처럼 비틀거릴 때 찬물로 배 불리던 그때 그 자리 가거라 떠나거라 낙엽이 지고 낱담배 피며 서성이던 향촌동 고구마집 아줌마 저 세상 가서도 무사하면 좋겠어 중얼중얼 헤어질 때 멀리 아주 멀리 첫눈이 내렸었지.

이봐, 싱클레어 글을 쓴다는 일 대중도 독자의 환호
도 없는 나를 찾아가는 참 고독한 심연 속에 숨 멎었
던 그 일 어두운 숲속에서 제 몸을 물어뜯어 창문을
내던 일 햇살 눈부신 나비가 창공을 난다는 일 이걸
알아야 할 것 같아 전하, 저에게는 아직도 남아있는
12척의 배가 해 지는 서쪽 운동장에 책가방처럼 정박
하고 있습니다! 외상값을 못다 갚아 사뭇 마음이 불
편한 그때 그 자리 오래 전에 죽고 없을 고구마집 아
줌마 첫눈에 파묻히는 곤룡포를 물끄러미 바라보는
술 취한 내가 멀쩡한 나를 망연자실 찾아가는 찬물로
배 불리던 아주 먼 길이 있다는 것 말이야.

없는 것으로 가득한

2022년 10월 22일 오전 11시, 『시와반시』30년을 대구문학관에 기증했다. 든든한 집안에 자녀를 출가시킨 기분이었다. 아니, 웅숭깊은 세월에게 나를 맡기고 오는 느낌이었다. 뿌듯하고 허망한, 가볍고 무거운 양가의 감정으로 데미안과 함께 동성로를 걸었다. 내 속에서 솟아나오려는 것, 바로 그것을 나는 살아보려고 했다. 절실하되 낯선 낯설되 뜨거운 뜨겁되 신선한 시 너머의 시 왜 그것이 그토록 어려웠을까. 지나간 30년이 아득했고 다가올 30년이 막막했다. 아득하고 막막한, 없는 것으로 가득한, 기억의 이마에 손을 얹자 먼 곳으로 오가는 길이 저무는 숲처럼 애잔했다.

일상사日常事 1

　지산청구맨션 앞에서 나를 태운 급행3번 버스는 동아스포츠센터 앞을 지나 기다리는 사람이 없는 두산오거리를 빈 몸으로 지나 동대구역으로 향하던 발길을 영남일보 앞에서 커다랗게 되돌려 청구고등학교 언덕길을 지나 옛날 내 사무실이 있었던 동신교를 두리번거리며 지나 (아내가 거기서 내리면) 목적지에 가깝다고 일러준 곽병원 앞에 나를 내려놓는 것이었는데 내가 명심해야 할 지산청구맨션과 동아스포츠센터를 잊지 않으려고 마음의 발가락을 오물거리며 김선굉 시인이 주인인 계산오거리 청라갤러리에 약속 시간 10시 정각에 도착 뒤적뒤적 대구시협상 심사를 하고 청라언덕 골목 오래 된 복어집에서 배 불리 이른 점심을 먹고 배도 꺼줄 겸 이를 쑤시면서 천천히 걸으며 생각하기를 시내 나온 길에 교보문고 지하에 들러 시와반시 창간30주년 기념 송년문학제에 쓸 기녑품을 만들어 가면 되겠다는 공것 같은 아이디어가 떠올라 스스로 대견하다 물개박수를 치며 교보빌딩 회전문을 밀치고 조심조심 에스컬레이터를 타고 지하로 내려가 물어물어 2만원짜리 볼펜에 황금색 이름을 새긴 아홉 사람의 기억을 전리품처럼 마음 깊이 껴안고 회전문을 빠져나와 지산청구맨션 앞으로 가는 급행3번 버스 승강장을 찾아 두리번두리번 30분을 기다려 마침내 급행3번 버스 노약자석에 힘든 엉덩이를 철썩 내려놓고 다리를 꼬고 앉으며 급행은 아무데나 서는 것이 아니구나 새삼스러워 하다가 앙상한 가로수 쪽으로 눈을 돌려 아 참 세월 잘 간다고 회한의 안주머니를 뒤적거리면서도 내가 내려야 할 지산청구맨션과 그 다음 승강장 동아스포츠센터를 오물오물 떠올리곤 했는데 아! 그 순간 다음 승강장이 동아스포츠센터라는 안내 문자판이 도망치듯 불현듯 버스 이마를 지나치는 것이어서 아차 지산청구맨션을 어느새 지나쳤구나! 기사님 다음에 내립니다 서둘러 꼬았던 다리를 제자리에 옮기고 내려놓았던 엉덩이를 힘겹게 들어 올리려 하는데 타는 사람 없으면 뒷문까지 가시지 말고 앞문으로 내리시라며 십년 후면 나도 그 자리에 앉을 텐데 나긋나긋 혼잣말을 건네는 기사양반의 친절이 고맙기도 하다가 내 마음을 튕겨나간 십 년 후라는 말의 화살이 급행3번 버스 기사양반의 희끗한 뒤통수에 사정없이 꽂히는 동안 텅 빈 뒷좌석에 등 떠밀리 듯 황급하게 동아스포츠 앞에서 내린 것이었는데 후유 안도의 숨을 고르고 걸음을 가다듬으며 되돌아 생각하노라니 엉덩이를 내려놓는데 시간이 좀 걸리기는 했지만 모자를 눌러 대머리를 감추었고 신용카드도 단번에 단말기에 대어 사랑한다는 인사도 들었는데 저나 나나 도찐개찐이구만 십

년 후라니 별놈 다봤네 투덜투덜 한참을 걷다보니 지
산청구맨션이 왜 거기서 내렸어? 하는 표정으로 지친
엉덩이를 조심조심 모시고 한 정거장 더 다리품을 팔
고 오는 나를 물끄러미 바라보는 것이었다.

일상사日常事 2

　이를테면, 한겨울 덕유산 꼭대기엔 늙어 죽은 주목이 설국雪國을 지키고 있었다. 늙어 죽은 주목의 기품은 고적했지만 추워 보였다. 죽어서도 살아 있기 때문이었다.

　19세 청년이 지하철 스크린 도어를 고치다 파랗게 타오르던 목숨을 잃었다. 빈속을 후비는 독주 같은, 청년이 두고 간 컵라면 한 개!

　이를테면, 컵 라면을 모르는 고관대작이 지하철 뒤뜰에 주목 한 그루를 기념식수하고 있었다. 기념으로 심은 주목은 푸르렀지만 주눅 들어 보였다. 살아서도 죽어 있기 때문이었다.

첫눈

가고 없는 날들과 창가에 앉아 뜨거운 국밥을 후후 불며 천하 수컷들의 늦은 후회를 잘 보고 있으면, 잘 보이는 것은 첫 눈이어서 하얗게 내린 것이 아니라 하얗게 내려서 첫눈이 되는 것이었네.

老子 가라사대, 큰 나라는 천하의 암컷이니 암컷은 항상 고요함으로 수컷을 이기며 고요함으로 아래가 된다 했으니 천하의 암컷을 꽃 피우기 바라는 간절한 마음으로 어린 자목련에게 내의를 입혀주며 옥수수를 심기에는 너무 늦은 내 거친 손을 하염없이 바라보는 초겨울 저녁 답에는 어김없이 산에 들에 첫눈이 펄펄 휘날리는 것이었다.

어린 새끼의 다친 발을 젖은 혀로 핥아주는 고라니 부부에겐 국밥이 없어 국밥이란 말도 없으니 천하

암컷들의 거친 아래를 잘 보고 있으면, 잘 보이는 것은 스스로 부끄러워 첫 눈처럼 자리를 뜰 것이었네.

최필용 1

폭탄이었다.
그녀가 죽었다는 문자를 받았다.

갔구나! 추운 세상 얼얼하게
함흥육회 얼버무려 애정을 꽃피우던 그녀가 갔구
나!

내 손이 닿지 않는 아득한 거기
사랑의 시절을 찾아 갔구나!

우리 사랑 꽃피던 그해 여름 선운사 황소개구리
컹, 컹, 폭탄 터질 듯 달려들었다.

나는 왜? 2022년 마지막 저녁 답
그녀의 부재중 전화를 콜백하지 않았을까?

*최필용(1954-2022): 그녀는 생전에 나훈아의 〈애정이 꽃 피던 시절〉을 즐겨 불렀다. 그해 여름 우리는 선운사에 있었다. 황소개구리가 컹컹 울었었다. 쓰러진 술병처럼 문학도 인생도 시들해질 무렵 보름달이 컹컹 한 여름밤을 들었다 놓았었다. 마지막 술잔을 비우며 주섬주섬 외로움을 추스를 때 슬픔의 해일이 느닷없이 덮쳤었다. 휘영청 달빛이 잃어버린 시간 아득한 거기, 항아리 속 그리움을 엎질렀던 것이었다.

최필용 2

천천히 가면 얼마나 무수한 것들과 많은 이야기를 나눌 수 있는지. 무수한 것들은 얼마나 무수한 이야기의 그늘을 거느리고 있는지. 첫눈 내린 날이었다. 내 손이 닿지 않는 가려움처럼 가고 없는 날들이 온몸에 번져 칭얼대는 날이었다. 은하수가 흐르는 밤하늘을 덮고 잠들고 싶은 날이었다. 철새들의 이동이 걱정되는 날이었다. 그녀가 죽었다는 문자를 받았다.

초록 싹이 돋는 아픔, 물과 바람과 햇볕과 흙이 뒤섞이는 아픔, 열매들의 둥근 아픔, 텅 비어서 가득한 변두리의 아픔, 사시사철 무식한 아픔의 모서리를 지나 새삼 되돌아보니 지혜는 파랑 자비는 분홍, 지혜는 초가을 자비는 초여름, 지혜는 남쪽 자비는 동쪽, 지혜는 뼈 자비는 살; 지혜와 자비 속 우묵한 그늘에서 지지 않고 피는 꽃. 하도 사는 게 힘이 들어 말년에 최

상희崔常喜로 이름을 바꾼 최필용이라는 이름의 신비.

흘림체 글씨처럼

아버지의 그날들은 가건물 같아서 아무도 오래 머물지 않았고 아무도 거기 나무 심지 않았고 아무도 창문을 닦지 않았다.

新曆正月1日이다 確實히 人生 午後다 過去의 淸算整理. 結實을 爲하야 努力하여야겟다 大邱 周錫氏 金女 鑛山路 解決 女兒 歸省 xx70,- 家用500,- 顯國 200,- 計770,-支出 東亞日報 受信 豚肉10斤 구입

치부책에 밀봉된 내 아버지 궁핍의 한 시절은 애초부터 알 수 없는 흘림체 글씨여서 70원을 지출한 내역은 아직도 판독이 어렵다.

경과보고

　면도를 하고 나니/ 그대 얼굴이 깨끗하도다/ 깨끗한 얼굴로는/ 이 밤의 추위를 껴안을 수 없으리 라고 쓴 날로부터 10년, 아가야 구석에 정들면 안 돼/ 아빠처럼 구석에 정들면 안 돼/ 월남치마 뒤에 숨으면 안 돼// 구석에서 비행기는 날지 못하지 라고 쓴 날로부터 4년, 구석진 내 몸엔 비가 새고/ 흐린 등불은 자주 꺼졌다 라고 쓴 날로부터 8년, 이윽고 자동응답기를 꺼버렸다/ 이제 나는 캄캄하게 죽었다 라고 쓴 날로부터 마침내 7년, 풀밭에 앉아 늦은 아침을 먹는다/ 개미와 함께 꿀벌과 함께 바람과 구름과 함께/ 식탁 위에 뚝, 뚝, 떨어지는 감꽃과 함께 라고 쓴 날로부터 다시 8년, 고도는 오지 않고/ 불시착한 혁명이 땅을 치고 울었다 라고 쓴 그해 여름, 먼 곳은 그리운 먼 곳이어서 먼 곳이 먼 곳을 데리고 먼 곳으로 떠났다// 구병산 가는 길은 왜 이리 유구한가 라고 쓴 날로부터 다시 2년, 시인으로 살아 온 한 生이/ 어떠했느냐고 너에게 물었다// 태워도 타지 않는 후회 같았다/ 그래서 어땠느냐 다시 물었다// 오마샤리프의 털모자 속으로 땅바닥 언 발들이 모여들었다 라고 시치미 떼면서 여기까지 온 나는 마침내 깨닫게 되었다. 내가 태어나는 게 아니라/ 태어나서 내가 되는 것이라는 사실과 함께 내가 시를 쓴 것이 아니라/ 시가 나를 썼다는 사실을. 사족이지만 꽃 피는 그리움의 우듬지에서 내가 만난 사막여우 덕분이었다.

발문

그림자의, 맨발

이하석(시인)

#칭얼댐

자신의 시력을 얘기하는, 등단 50년을 돌아보는 강현국의 표정. 그의 시구절처럼 '착잡한 감개무량'의 표정. 우리의 만남도 그 이상이 됐다. 처음 만났을 때를 기억한다. 대학에 갓 입학한 무렵. 사회학과 학생인 나는 한 선배와 2인 시화전을 교내서 열었는데, 그곳에 그가 모습을 드러냈다. 국문과 새내기였다. 그 1년 후 나는 등단했고, 그는 졸업 후 이내 등단했다. 그렇게 엮여진 인연이 이어져 왔다. 어쨌든, 그에게는 올해가 등단 50년이 되는 해라는 점에서 감회가 큰 듯하다. 이 시집은 그런 그의 '착잡한 감개무량'을 기념하여 내는 것일 터이다.

그의 시에서 그때나 지금이나 한결같은 모습을 본

다. 언어 발현의 묘미가 볼만하고, 그것을 엮어내는 솜씨가 예민한 감각성을 유지한다. 시작을 병행하면서 교단에서 오래 '버티던' 그는 대학의 총장을 맡기까지 했고, 그 직을 끝으로 교단을 떠났다. 그가 참여했던 계간지『시와반시』는 이후 그 자신이 도맡아 여전히 끌어가고 있다. 그런 일들에 끊임없이 의욕적이다. 가끔 그를 만나면 여전히 뭔가를 긁적이고, 도모하며, 불러내는 모습을 본다. 그런데, 얼마 전에 만나 "요즘 어떻게 지내냐?"라고 물으니, 산책이나 한다며 특유의 허한 웃음을 지어보였다. 집 부근의 산골인 진밭골로 매일 출입하다시피 한단다. 이제 나이를 먹었음을 자인하는 것이다. 그런 가운데 산책과 몽상으로 새삼 자신을 돌아보고 있을 터였다. 그 흔적이 이번 시집에 고스란히 드러난다.

　그의 시를 나는 절박한 칭얼댐으로 읽는다. 칭얼댐은 대상에게 제 몸을 부비는 것처럼 자신을 드러내보이는 방식이다. 대상이나 풍경을 떠올리는 표현은 언제나 구체적인 곳이나 인물을 암시하는데, 그 암시의 방식이 특유의 감각적 칭얼댐에 기대고 있다. 그렇게 자신을 드러내는 어린애 같은 순수함과 간절함이 있다. 그 점에서 정직한 시인 같다. 한편 비유를 통해 에

둘러 얘기하거나 딴전을 피우는 듯해도 애매한 뒤끝이 없다. 뒤로 꿍쳐놓는 게 없이 뭐든 그대로 드러낸다. 그렇다고 시가 아주 설명적이란 말은 아니다. 그의 말은 꽤 불친절하다. 그런데도 불구하고 그의 언어는 주제를 향한 시선이 흐트러지지 않는다. 수사를 비틀더라도 자신이 향하는 말들을 단도직입적으로 드러내기 마련이다. 선시가 보여주는 세계 같다. 언제나 자신이 보는 '바로 그 자리'를 서둘러 가리킨다.

그런 그도 등단 50년을 맞아서 자신을 되돌아보는 목뼈를 새삼 의식하는 듯하다. 그의 시선이 향한 곳은 '남루해서, 그지없이 미안한' 자신의 삶이다. 자신을 끌고 온 '젖은 신발'과 '맨발'의 대조를 의식하기도 한다. '그림자'에 대한 인식 역시 그러하다. 비로소, 삶의 노정을 살피는 나이를 의식하면서, 자신으로서는 기념비적인 한 세계를 들어보이는 셈이다.

#맨발

시집의 1부의 주제는 '맨발'이다. 서문에서 "젖은 신발에게, 맨발에게 이 시집을 바친다"고 말할 만큼 '맨발'에 대한 집착을 보인다. '맨발 걷기' 연작은 진밭골 시편과 구병산 시편들이 펼쳐진다. 진밭골은 그의 집에서 가까우나 구병산은 멀리 상주의 속리산 아래에 있는 그의 고향을 감싸고 있는 산이다. 그는 자신의 일상을 느긋하게 되새기면서 그 삶 속에 고향에서 보낸 어린 시절을 오버랩한다.

그는 요즘 산책 중 특히 맨발 걷기에 푹 빠져 있는 듯하다. 갑자기 맨발을 들어보이는 게 수상하지만, 페티시즘을 자극하려는 의도가 있는 건 아니라는 걸 시들를 통해 안다. 맨발 걷기는 요즘 전국적으로 유행하는 건강법의 하나다. 진밭골에는 산책로와 함께 잔모래와 흙을 깐 맨발 걷기 길이 잘 조성되어 있어서 그걸 즐겨 이용하는 듯하다. 신발을 벗어두고, 맨발로만 걸으면서, 그런 '의식(儀式)'을 통해 자신을 가다듬고, 되돌아보는 것이리라. 그 원시적인 행태로 제도와 관습, 그리고 온갖 관념에 얽매인 현재를 정화하면서, 끊임없이 본원으로 향하는 시선을 드러내는 것이다.

갓난아기 꽃 피어난 오월의 신부를 볼 때 감개무량하고, 숲속 통나무집 세속에 찌든 판잣집을 볼 때 마음 착잡하다.

먼 곳을 신고 온 구두여, 먼 곳을 벗어두고 먼 곳
으로 떠날 구두여. 돌부리 가파른 산길을 거슬러 오
르며 수없이 미끄러져 발을 다친 구두여 이제 안녕!

곁을 맞댄 삼삼오오들이, 착잡한 마음의 세간살
이들이, 할 말이 닿지 못하고 문득 돌아오는 착잡한
감개무량의 뒷모습 같다.
　　　　　　　　　　　―「맨발걷기 4-진밭골 시편」 전문

구두에게 '안녕'을 고하는 건, 더 이상 걷지 않겠다
는 게 아니라, 맨발로 새롭게 걸어가겠다는 걸 강조
하는 것이다. 새로운 걸음의 의지를 내비치는 실천 미
학인 셈이다. 구두의 삶을 버리고 맨발의 삶을 살겠다
는 건 자신을 내려놓는 자세이기도 하고, 보다 본원적
인 삶으로 돌아가겠다는 의지를 드러낸 것이기도 하
다. 발은 신체 중 가장 밑바닥의 세계며, 자신을 지탱
하는 힘이다. 그런 점에서 구두를 버리는 건 삶의 근
본적인 자세에 대한 각성을 내비치는 것이며, 자신을
주체적으로 드러내려는 욕구이기도 하다.

그가 "제 마음을 구겨 넣고 다닌 것이 후회가 된다'
며, '산발치에 벗어 둔 신발을 누가 가져가버리면 홀

가분하겠다"라고 생각(「맨발걷기 6」)하는 것은 신발은 '제 마음을 구겨넣고 다니는 것'이며, 맨발은 그런 마음을 펴게 한다고 믿기 때문이다. 그런 생각의 작용이 '제 마음을 빠져나온 발가락이 꼼지락거리는 것'이라는 그 특유의 감각성으로 살아난다.

> 울음이란 무릇 간절함뿐이므로 수염이 없고 단추구멍이 없고 꿰맨 자국은 더더욱 없고, 간절한 울음이란 맨발이므로 혼자 남은 간절함은 산 사람이 죽은 사람을 부르는 소리입니다.
> 당신은 아직도 당신을 남겨두고, 저 언덕 너머까지 寂寂寂寂 내게 오는 중입니다.

> 도대체 잠 못 드는 적막이 벌떡 일어나 탕, 탕, 지팡이로 보름달을 두드릴 때, 강물의 팔다리가 쭉, 쭉, 내 몸에 가지를 칠 때 멀리 떠난 팔다리는 죽은 사람이 산 사람을 부르는 소리입니다.
> ─「맨발걷기 10-구병산 시편」 전문

작위적인 과시, 또는 관습의 사슬에 얽매인 자신의 모습의 대척점에 맨발의 그가 있다. 그가 바라는 것은

'당신'이 온전히 내게 오는 것이다. 온전한 소통을 바라는 연애 감정이 그의 시를 휩싸고 돈다. '당신은 아직도 당신을 남겨두고,' 내게 오는 중인데, 이는 세속의 찌든 때와 관습, 그리고 과시의 사슬에 얽매인 모습이란 것이다. 그러므로 그 모든 것을 떨쳐낸 상태로 온전하게 내게 오기를 바라는 것이다. '너'의 맨발의 솔직한 모습을 원하기에 나도 '너'를 솔직하게 만나기 위해 맨발로 나서는 것이다. 소통은 그렇게 이루어져야함을 그는 강조한다. 그런 소통이 이루어질 때 '죽은 사람이 산 사람을 부르는 소리'도 듣게 된다고 믿는 것이다.

#그림자놀이

2부의 '그림자와 놀다' 연작 시들 역시 '돌아보는 시선으로 내다보는' 시들이다.

아무쪼록
쪼록쪼록 비가 내리네.

아무쪼록 날 개인다 말하지 않겠네.

까꿍!

아무쪼록
쪼록쪼록 꽃이 피네.

아무쪼록 꽃 진다 말하지도 않겠네.

—「아무쪼록-그림자와 놀다 5」 전문

'아무쪼록'은 '될 수 있는 대로'라는 기대 섞인 말이다. 그 말을 통해 미래를 바라보는 간절한 마음을 드러낸다. '아무쪼록'이란 말을 이용한 말놀이가 재미있는데, 중간의 '까꿍!'이란 소리로 꿈이 현실화하는 극적인 순간을 환기한다. '그림자와 놀다' 연작들이 갖는 놀이성과 일상의 명랑성을 아울러 짚어내는 한 예다.

그는 왜 그림자에 관심을 둘까? 이 또한 나이 탓일까? 금강경의 마지막 부분인 '응화비진분(應化非眞分)'에는 "꿈과 같고, 환상과 같고, 물거품 같고, 그림자 같고, 번개와 같으니, 이와 같이 관찰하라"는 말이있다. 물거품과 그림자들을 부정적으로 드러낸 듯하면서도 기실은 그런 것들이야말로 세계의 본모습임을 상기시키는 것이기도 하다. 강현국의 '그림자'는 이런 양면성의 통합을 실현하려는 의지로 나타난다. 곽남신의 '그림자 표현'이 문득 떠오른다. 그는 자신의 전시장에서 "존재의 흔적인 그림자를 전면으로 끄집어내어 실체에 대한 상상력을 촉발해 환영의 세계로 이끈다"고 말한 바 있다. 대개 성격의 부정적인 면이나 숨기고 싶은 요소들을 그림자로 드러내기도 한다. 그래서 '인간 특성 중 열등하고, 가치 없고, 원시적인 부분'으로 그 어둠을 강조한다. 강현국의 그림자에 대한 관심은 그보다는 적극적인 삶의 전망과 닿아 있다.

가고 없는 날들이 낡은 의자에 앉아
오지 않는 사람을 기다리는 봄날이었다.

먼 곳은 도저히 먼 곳에 닿지 못해서
고양이가 제 앞발을 핥고 있었다.

눈 뜬 지팡이가 더듬더듬 여기가 어디냐고 물었다.
호박잎 넝쿨이 대답 대신 갑갑한 콧구멍을 벌렁

거렸다.

　　질문은 한사코 질문으로 푸르러서
　　풀벌레가 웃자란 욕망을 갉아먹고 있었다.

　　다녀갔다는 말이 돌 틈에 끼어서
　　떠난 사람이 다시 떠나는 가을이었다.
　　　　　　　―「먼 곳은 도저히 먼 곳에 닿지 못해서-
　　　　　　　　　　　그림자와 놀다 13」 전문

　'질문은 한사코 질문으로 푸르러서/풀벌레가 웃자
란 욕망을 갉아먹고 있었다'라는 구절은 서로 연결이
안 되는 이미지로 구성되어 있어서 고개를 갸웃거리
게 한다. 그런데, 그의 어조를 짚어가면 그 이미지들
이 '불화'가 아닌 '서로 통하는' 상태를 지양하고 있음
을 느끼게 된다. 그가 당도하려는 '먼 곳'이 이런 점
에서 '가까운' 곳이 아닐까? '가까이'와 '멀리 느껴지
는'(「가까이 느껴지는 멀리-그림자와 놀다 19」) 세
계는 크게 눈 뜨고 보면, 거리가 없는 것이라는 그의
거리감이 새삼 각성 된다. 그래, '가까이 느껴지는 멀
리의 세계'는 연애 감정의 거리감이며 다만 통할 뿐인

거리로 '나'는 받아들인다.

> 멀리 느껴지는 가까이
> 여기 이 강을 건널 수 없어
> 나와 연애 중인 나는
> 늦도록 사랑하고 늦도록 아팠네.
> —「가까이 느껴지는 멀리-그림자와 놀다 19」 부분

그러니까, '나와 연애 중인 나'의 연애의 대상이 바로 '나'의 그림자인 것이다. 칼 융의 그림자처럼 실재하는 모든 건 그림자를 드리운다. 그림자가 우리를 '인간'으로 만들어주는 까닭이다. 내 존재에 빛과 그늘이 상존하는 한 그림자와의 화해는 삶의 최선의 방법이다. 강현국은 그래서 '내 곁이 내 곁에게 내 곁으로 가는 길을 다시 묻'(궁금함은 귀가 커서)는 것이다. 내 곁의 '곁'은 결코 떨칠 수 없는 나의 그림자이다. 비록 '그런 길은 세상에 없다'고 대답해도 그 있음을 느끼는 것이 중요하다고 그는 강조하기도 한다. 이역시 존재의 칭얼댐으로 볼 수 있겠다. 존재의 그림자를 느끼는 것, 그 있음을 감각 하는 것이 연애 감정이다. 앞에서도 언급했듯, '그리움은 손가락이 뜨겁거나

발바닥이 두텁기 때문'이란 감각의 자각이 그래서 더욱 절실하게 이루어진다.

#없는 것으로 가득한

3부의 일상사의 시각 역시 뒤가 켕기는 걸 의식하면서 앞을 내다보는 시들이다.

> 2022년 10월 22일 오전 11시, 『시와반시』30년을 대구문학관에 기증했다. 든든한 집안에 자녀를 출가시킨 기분이었다. 아니, 웅숭깊은 세월에게 나를 맡기고 오는 느낌이었다. 뿌듯하고 허망한, 가볍고 무거운 양가의 감정으로 데미안과 함께 동성로를 걸었다. 내 속에서 솟아나오려는 것, 바로 그것을 나는 살아보려고 했다. 절실하되 낯선 낯설되 뜨거운 뜨겁되 신선한 시 너머의 시 왜 그것이 그토록 어려웠을까. 지나간 30년이 아득했고 다가올 30년이 막막했다. 아득하고 막막한, 없는 것으로 가득한, 기억의 이마에 손을 얹자 먼 곳으로 오가는 길이 저무는 숲처럼 애잔했다.
>
> ─「없는 것으로 가득한」전문

'내 속에서 솟아나오려는 것, 바로 그것을 나는 살아보려고 했다. 절실하되 낯선 낯설되 뜨거운 뜨겁되 신선한 시 너머의 시 왜 그것이 그토록 어려웠을까'라는 회한은 아득하고 막막하지만, 그것을 이제야 '없는 것으로 가득한' 상태로 이해하면서 자신이 영위해온 삶이 그렇게 무욕으로 충만된 삶이라고 위로한다. '맨발로 걷기'의 자각과 통하는 자기 위로이다. 그것은 '죽어서도 살아있는' 덕유산 주목 고목과, '살아서도 죽어 있는' 고관대작이 뒤뜰에 심는 기념식수의 대비를 통해 얻는 한 깨달음으로 이어진다.

그는 살아있는 정신을 원한다. 맨발의 삶 말이다. 그런 자각으로 비록 구병산 아래서 보냈던 삶 속의 아득한 주인공인 아버지의 궁핍한 시절을 이해하지 못해, 아버지의 치부책에 적힌 흘림체의 글씨를 끝내 해독해내지 못하는 아들이지만, 아버지와 나와 이어진 그 끈을 통해 아버지와 나는 곧 서로 그림자의 관계이자 맨발의 주체로 이어짐을 늦게서야, 실감하는 것이다. 그렇게 현재와 과거는 확실하게 연결된다. 그런 모든 것이 맨발로 나설 때만 갖게 되는 실감이라고 그는 믿는다. 아득히 멀고, 한없이 가까운 삶의 진

면목을 걸림 없는 맨발의 생각으로 수용하는 것이다.
등단 50년을 넘어서야

> 어릴 적
> 구름 위에 벗어놓은 발자국 소리가
> 이제사 도착합니다. 푸른 맨발로
>
> 나는 이 땅에서 죽고 요단을 건너지 못하려니와
> 너희는 건너가서 그 아름다운 땅을 얻으리니
>   ─ 신명기 4:22
> 푸른 맨발로
> 이제사 도착한 발자국 소리가
> 강 건너 천리 길을 훤히 밝힙니다.
>   ─「맨발 걷기 13-구병산 시편」전문

'구름 위에 벗어놓았던 어릴 적의 발자국 소리'와 '푸른 맨발로의 삶'이 자신의 삶터에 자신의 가장 아래인 발바닥에 확실하게 도착하는 걸 비로소 맞으면서, 그 '남루하지만' 도리어 진실되다는 점에서 광휘로운 발자국 소리로 새삼 걸어갈 '강 건너 천리 길'을 밝히는 것이다.

시와반시 기획시인선 033
경과보고

펴낸날 | 2025년 6월 1일 초판 1쇄

지은이 | 강현국
펴낸이 | 강현국
펴낸곳 | 도서출판 시와반시

등록 | 2011년 10월 21일 등록(제25100-2011-000034호)
주소 | 대구광역시 수성구 지산로 14길 83, 101-2408호
전화 | 053) 654-0027
전송 | 053) 622-0377
전자우편 | khguk92@hanmail.net

ISBN 978-89-8345-165-1   03810

*이 책은 2025 대구문화예술진흥원 문학작품집발간지원으로 출간되었습니다.